Palabras que debemos aprender antes de leer

asustado

avergonzado

destestaba

emocionado

entusiasmado

fascinantes

gigantesco

nervioso

www.rourkeeducationalmedia.com

Edición: Luana K. Mitten
Ilustración: Helen Poole
Composición y dirección de arte: Renee Brady
Traducción: Yanitzia Canetti
Adaptación, edición y producción de la versión en español de Cambridge BrickHouse, Inc.

Library of Congress Cataloging-in-Publication Data

Steinkraus, Kyla
 Cuentos de pesca / Kyla Steinkraus.
    p. cm. -- (Little Birdie Books)
ISBN 978-1-61810-548-6 (soft cover - Spanish)
ISBN 978-1-63430-308-8 (hard cover - Spanish)
ISBN 978-1-62169-038-2 (e-Book - Spanish)
ISBN 978-1-61236-035-5 (soft cover - English)
ISBN 978-1-61741-831-0 (hard cover - English)
ISBN 978-1-61236-746-0 (e-Book - English)
Library of Congress Control Number: 2015944656

*Scan for Related Titles
and Teacher Resources*

Also Available as:

Rourke Educational Media
Printed in the United States of America,
North Mankato, Minnesota

rourkeeducationalmedia.com

customerservice@rourkeeducationalmedia.com • PO Box 643328 Vero Beach, Florida 32964

Cuentos de pesca

Kyla Steinkraus
ilustrado por Helen Poole

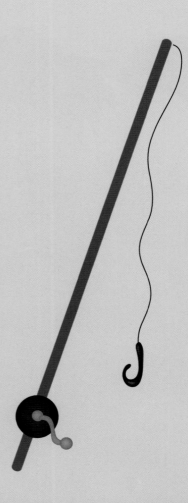

Era el primer día en segundo grado, y Sergio estaba emocionado de ver a sus amigos después de un largo verano. La maestra les pidió a todos los estudiantes que contaran algo sobre sus vacaciones de verano.

Cindy les contó a sus compañeros de sus visitas a los castillos de Europa. Miguel salió a montar a caballo y fue de excursión a las montañas.

Vacaciones de verano

Presenta y cuenta

Sergio no tenía historias fascinantes que contar. Paso el verano con una niñera mientras sus padres trabajaban. Un domingo, su padre lo llevó a pescar, pero todo lo que pescó fue un pececito chirriquitito.

Casi le tocaba el turno cuando Julia se puso de pie:
—Nosotros nos quedamos en una cabaña junto
al lago. ¡Y yo pesqué un pez tan grande como mi
lonchera!

Vacaciones
de verano

—¡Oh! —exclamó Cindy con entusiasmo.

—¡Qué increíble! —añadió Miguel.

—Yo también fui a pescar —dijo Sergio rápidamente—, pero mi pez era gigantesco. Era tan grande como... ¡tan grande como mi escritorio!

—¡Oh, increíble! —dijo Julia—. ¿Le tomaste alguna foto?

10

—Por supuesto —replicó Sergio y, sin darse cuenta, ya había prometido traer una foto a la escuela al día siguiente.

11

Sergio se sintió fatal. Sentía que su corazón se le estrujaba más y más. ¿Qué iba a hacer? Él había mentido. No tenía una foto del pez que no había pescado.

Cuando lo averiguaran, sus amigos no iban a querer ser sus amigos nunca más. Se reirían de él. Lo rechazarían.

Durante el receso, Cindy se ofreció para empujarlo en el columpio. Sergio movió la cabeza y se sentó aparte.

Durante el almuerzo, Miguel le pidió a Sergio que se sentara con él. Sergio temía que Miguel le hiciera preguntas sobre el pez gigantesco, así que prefirió sentarse en una mesa vacía.

Al salir de la escuela, los amigos de Sergio se dirigieron a él. —¿Te sientes bien? —le preguntó Julia.

—Te has comportado de una forma extraña todo el día —dijo Miguel.

Sergio se puso rojo. Estaba avergonzado y asustado. Pero él también detestaba sentirse avergonzado y nervioso ante sus amigos.

—Yo mentí —dijo—. Lo que yo pesqué fue un pez pequeñito, pero quería contar una historia increíble.

Cindy lo abrazó: —No importa.

—¿No estás enojada? —le preguntó Sergio.

Miguel le dio una palmadita en el hombro: —Los amigos se perdonan.

—Nos dijiste la verdad —dijo Julia—. Apuesto a que eso fue difícil.

—Lo fue —dijo Sergio sonriendo. De repente se sintió ligero como una pluma—. ¡Creo que el segundo día en segundo grado va a ser mucho mejor!

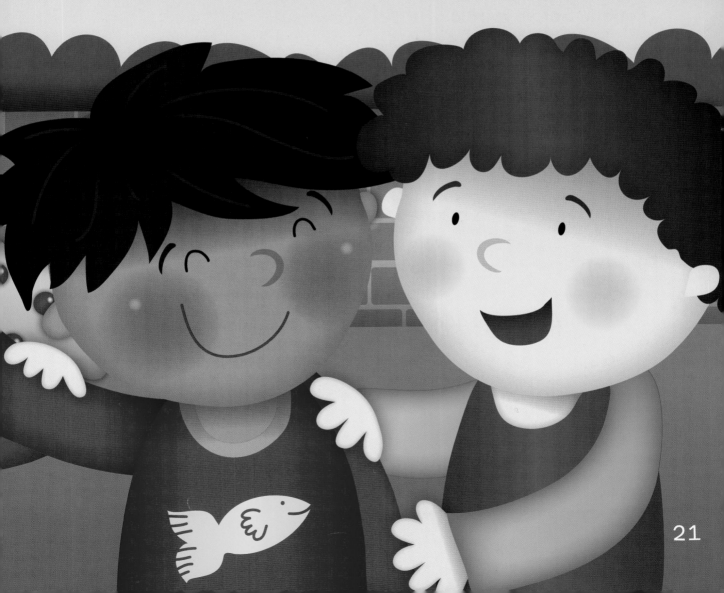

Actividades después de la lectura

El cuento y tú...

¿Por qué Sergio mintió?

¿Cómo se sintió Sergio por decir una mentira?

¿Qué crees que hubiera pasado si Sergio no les hubiera dicho a sus amigos la verdad?

Piensa en alguna vez que hayas dicho una mentira. ¿Cómo te sentiste luego?

Palabras que aprendiste...

Fíjate en la terminación de las palabras. Escríbelas en una hoja de papel. Escribe al lado una palabra de la misma familia. Ejemplo: vergüenza/avergonzado. Compara ambas palabras.

asustado

avergonzado

destestaba

emocionado

entusiasmado

fascinantes

gigantesco

nervioso

Podrías... planear unas vacaciones en familia.

- ¿Adónde te gustaría ir de vacaciones?

- Lee acerca del lugar al que quieres ir. Menciona algunas cosas divertidas que te gustaría hacer duantes tus vacaciones.

- ¿Quién o quiénes van a ir contigo?

- ¿Cuándo te gustaría ir a ese lugar?

- Haz una lista de las cosas que necesitarás llevar a tus vacaciones.

Acerca de la autora

Kyla Steinkraus vive en Tampa, Florida, con su esposo y sus dos hijos. Ella ha ido a pescar varias veces, pero nunca ha pescado nada, ni siquiera un pez pequeñito.

Acerca de la ilustradora

Helen Poole vive con su novio en Liverpool, Inglaterra. En los últimos diez años ha trabajado como diseñadora e ilustradora de libros, juguetes y juegos para muchas tiendas y editoriales del mundo. Lo que más le gusta de ilustrar es desarrollar un personaje. Le encanta crear mundos divertidos y disparatados con colores vívidos y brillantes. Ella se inspira en la vida cotidiana y lleva siempre un cuaderno… ¡porque la inspiración suele sorprenderla en los momentos y lugares más insólitos!